JN122711

ぎんがのしずく

瀧井 宏臣

目次

にんげんは
ほしのかけらで
できている
われも　あなたも
ぎんがのしずく

第一章　てんちのしらべ

日月地球

ひつきちの
みっつのほしに
いかされて
われは　いのちの
リズムをきざむ

ガイアの上で

ねて　おきて
はたらき　くらし
なき　わらい
すべて　ガイアの
てのひらのうえ

ガイア　生命体としての地球の呼び名。

夜明け前

よあけまえ
ひのではひがし
つきはにし
みなみにウグイス
きたにセミなく

天地の調べ

よがあけて
あさひがのぼる
セミがなく
つきは　きえゆく
てんちのしらべ

雲間の輝き

くもまにて
あさひ　おぼろに
かがやけり
あめがしとしと
そぼふるなかで

花盛りの朝顔

あさおが
つるはのばして
はなざかり
そのかれんさに
しばし　みほれる

庭の妖精たち

ざっそうも
ぬかずにめでる
にわのその
ようせいたちが
よろこびおどる

草の種

くさのたね
コンクリートの
すきまから
めをだし　のびる
いのちのちから

果樹ある町・練馬

カジュアルな
かじゅあるまちの
のうえんで
ブルーベリーが
つみとりをまつ

ゴーヤのカーテン

のきさきに
つるはのばした
ニガウリが
はなと　みをつけ
ひざしをふせぐ

まぶしき夏空

なつぞらの
すみきったあお
まぶしくて
てのひら　かざし
のぞきみるごご

真白き姿

なつぐもが
そらをぶたいに
みえをきる
ましろき　すがた
こころ　きよまる

みえをきる　見得を切る。
歌舞伎役者独特なポーズ。

緑のオーラ

なつくさや
ねはり　ちをはい
ときはなつ
みどりのオーラ
てんまでとどけ

オーラ　生体の周りの霊的なエネルギー。

のんびり行かう

なつくさや
そよふくかぜに
みをゆだね
のんびりいかう
みちなきみちを

四つめの宝

カワセミに
けさもであった
よろこびの
さんぽうじいけ
よっつめのたから

カワセミ　水辺に生息する美しい小鳥。青い宝石と言われる。ブッポウソウ目カワセミ科。
さんぽうじいけ　三宝寺池。東京練馬区の石神井公園にある池。三宝とは仏教で仏・法・僧のこと。

ラピスラズリ

みなもとぶ
ラピスラズリよ
カワセミは
ぶっぽうそう目
あおいほうせき

みなも　水面。
ラピスラズリ　美しい青色の宝石。瑠璃のこと。

雨滴の如く

ドングリが
うてきのごとく
ちをたたく
おどろきのおと
しゃくじいのもり

しゃくじい　石神井。

第二章　うたのやりとり

本波尚子　⇳　瀧井宏臣

サクラユキ

まんかいの
さくらにふりし
はるのゆき
いちごのけしき
むねにきざみぬ

いちご　一期。一生に一回の出会いのこと。

第二章では、右頁が著者の歌。
左頁が、本波尚子の歌になっている。

サクラユキ・・・
唇微かに
つぶやきて
メールを撫ぜた
四十四(しとよ)の春

ストロベリームーン

みなづきの
よぞらにポッカリ
おつきさま
やみよをてらせ
まんめんのあい

みなづき　水無月。陰暦で六月のこと。
まんめん　満面。

遥かなる
時越え　出会いし
縄文の
君をかさねて
ストロベリームーン

ストロベリームーン　六月の満月のこと。
アメリカ先住民の呼び方。

白包帯

あまのがわ
ひとりたたずむ
おりひめの
おもひよ　とどけ
てんのまにまに

おりひめ　織姫。琴座アルファ星。
中国道教の七夕伝説に登場する仙女。

七夕の
魔法をかけて
白包帯
羽衣まとい
いざ、大泉学園

叶わぬ涙

うでおりて
ステイホームの
おりひめに
さちおおかれと
よぞらにねがふ

うでおりて　腕折りて。

笹の葉に
叶わぬ涙
忍ばせて
夢で乾杯
クチナシの君と

ギボウシの路

ギボウシの
はなさく　つゆの
ひとやすみ
こころがはずむ
さんぽのこみち

ギボウシ　リュウゼツラン亜科で、
薄紫の花が美しい。

「お大事に」
名も知らぬ人の
優しさに
心和んで
ギボウシの路

星月夜

キラキラと
てんにまたたく
ほしづきよ
われらのねがい
とどけておくれ

長き梅雨
明けて輝く
星月夜
どうか世界に
平和の光を

コロナ禍で

コロナかで
ステイホームに
テレワーク
もうもどらない
かいしゃのとりこ

コロナか　コロナウイルス騒動の禍（わざわい）。

コロナ夏（か）で
冷えたビールと
パソコンと
ZOOM（ズーム）で繋がる
昔の仲間

神世の晩酌

おりひめは
しじょうおこせし
ながれぼし
むすうのうたが
ちにふりそそぐ

歌が流れ星のように降ってきた夏の日に詠めり。

しじょう　詩情。

願わくは
再び舞い降り
彦星と
言の葉　織りなし
神世の晩酌

彦星　ひこぼし。
わし座の一等星アルタイル。
七夕伝説の牽牛星（けんぎゅうせい）。
晩酌　ばんしゃく。

鶯の如く

ウグイスに
こころとられて
たちんぼう
むねにしみいる
そらいろのこえ

手紙を投函する際、ポスト脇の大樹にウグイス止まりて、美しき声で鳴けり。

夏恋し
梅雨空見つめ
羽休め
我も飛び立たん
鶯の如く

ウェールズのララバイ

ウグイスの
こえひびくなか
ゆめにきく
ひめがつまびく
ハープのねいろ

ほろ酔いで
眠る貴方は
夢の中
ハープでつまびく
ウェールズのララバイ

ウェールズ　イギリス・グレートブリテン島
の南西部にある地域。
ララバイ　子守唄のこと。

武蔵野の森

きのえきに
オオムラサキが
むれつどう
むかし　むかしの
むさしの　のもり

オオムラサキ　日本の国蝶。羽の紫色が美しい。

クロアゲハ
木漏れ日くぐり
悠々と
神の遣いか
白根の杜の

喜びの歌

せみたちが
やしきばやしで
こえそろえ
むしんにかなでる
よろこびのうた

やしきばやし　屋敷林。
農家が家の周りに植えた木々。

金色(こんじき)の
光射し込み
蝉しぐれ
幸せ祈り
東に微笑む

青き純情

ともからの
メールをよみて
よみがえる
じゅうななさいの
あおきじゅんじょう

夏空に
思い描くは
青き日の
大志を抱く
君の姿か

真夏の果実

ラブソング
イントロきいて
よみがえる
しょうなんのうみ
サザンのウェイブ

サザン　桑田佳祐がボーカルをつとめるバンド、サザンオールスターズのこと。

憧れの
先輩の影
追い求め
夕暮れの校舎
真夏の果実

真夏の果実　サザンの楽曲。
一九九〇年の映画『稲村ジェーン』主題歌。

かなカナ仮名

せみしぐれ
かなカナ仮名と
ひぐらしが
やまとことばを
わするなとなく

ひぐらし　セミの一種。晩夏にカナカナカナと鳴く。

キッチンで
ひぐらし遠く
聞きながら
故郷(ふるさと)思い
西の空眺(なが)む

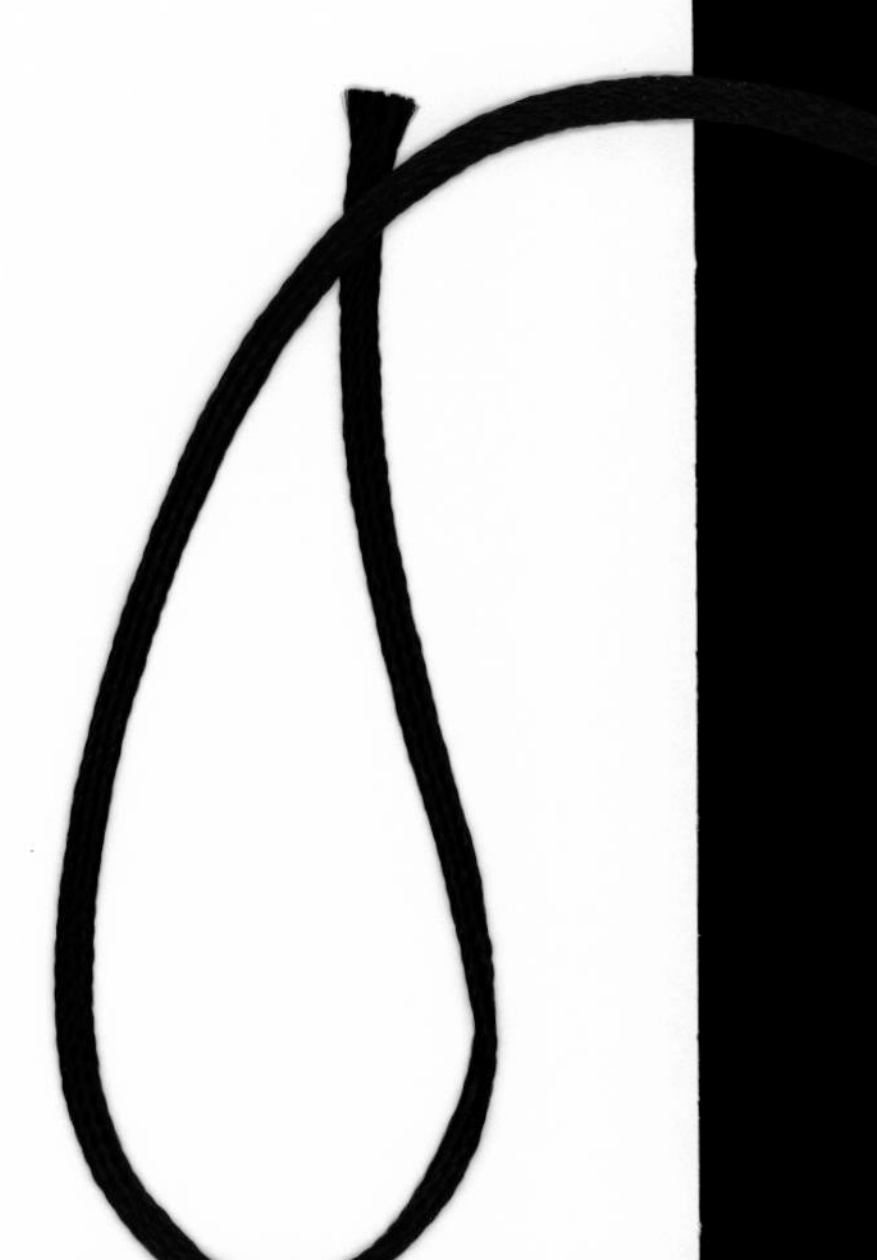

夢見る午睡

チョコレート
カミのたべもの
いにしえの
インカのおうが
あいせしたから

黄金（こがね）より
甘き魅惑の
チョコレート
古代インカの
夢見る午睡

愛のウェーブを

あいのなみ
ひかりのつぶが
つきすすみ
よろこびとなり
しあわせとなる

この地球(ほし)の
人類目醒めの
時が来た
手と手を繋いで
愛のウェーブを！

第三章　さとりのここち

朝の意宣り

しずかさや
あさひにむかい
いのりする
きよまるからだ
いのちをことほぐ

いのり＝意宣り。
太陽を前に自分の意志を宣言すること。
ことほぐ＝寿ぐ。
祝福して幸せを祈ること。

ありのまま

ありのまま
ほんとのわれに
もどりゆく
ただ　いきいきて
いまここに　あり

チュプカムイ

はれのひは
おてんとさまに
てをあわせ
チュプカムイ
イヤイライケレ

おてんとさま　お天道様。太陽のこと。
チュプカムイ　アイヌ語で、おひさま。
イヤイライケレ　アイヌ語で、ありがとうございます。

あめふらば
アプトカムイに
かぜふかば
レラカムイにも
イヤイライケレ

アプトカムイ　アイヌ語で、あめのかみさま。
レラカムイ　アイヌ語で、かぜのかみさま。

ワンネス

こんじきの
ひかりのなかで
よろこびに
つつまれて　われ
てんちとひとつ

雨降り、涼やかなる夏の日。瞑想にて詠めり。

ワンネス　すべてがひとつであるという意識。

シャーマン

かみひとえ
ひととかみひと
わかつもの
シャーマンのちえ
おおいなるあい

かみひと　神人。宇宙を愛する人のこと。
シャーマン　霊人と交信できる人のこと。

因果律

ものごとは
いんがのさだめで
おこりゆく
あるようにあれ
なるようになれ

因果律　原因があって結果がある
という宇宙のルール。

転生

このほしで
うまれかわりて
いまがある
いのちのきせき
ただありがたし

七転び

ななころび
やおきのよろこび
むそぢにて
おわりにしよう
にんたい　どりょく

むそぢ　六十歳。

艱難、汝を玉にせず

なんじらを
ぎょくにするのは
かんきなり
かんなんでなく
くぎょうでもなし

かんなん　艱難。
くぎょう　苦行。

天空の月

このほしの
いのちのリズム
こまやかに
つくりなすのは
てんくうのつき

満月よ

まんげつよ
きよめておくれ
わがこころ
よくや　こだわり
てばなすように

厄介なのは？

よのなかは
あいの　はどうに
みちている
やっかいなのは
にんげんばかり

大切なんだよ

あいしてる
あいしてるんだよ
こころから
うみ　そら　だいち
ほし　つき　たいよう

ひつようだ
ひつようなんだよ
どうしても
みず　つち　くうき
あらゆる　げんそ

たいせつだ
たいせつなんだよ
ほんとうに
いきとし　いける
すべての　いのち

スパイラル

みをささぐ
むしょうのあいは
ありがたし
しかれども
しんのあいには
なりがたし

むしょう＝無償。見返りを求めないこと。

あいしあう
ほんとのあいは
スパイラル
らせんのなみの
むげんのれんさ

刻々と

こくこくと
うつりかわりし
あさやけの
いろも　かたちも
かげも　ひかりも

第四章　たわむれのうた

夏の午後

みちゆかば
あせがしたたる
なつのごご
ましろきマスク
まぼろよのさま

まぼろよ　幻想である現象界のこと。

星乃珈琲

いきつけの
ほしのコーヒー
たのしみは
おりひめブレンド
ことざのふうみ

ことざ　琴座。

倍返し

やられたら
かくごをきめて
やりかえせ
つみには　ゆるし
あだには　じひで

ＴＢＳドラマ「半沢直樹」を見て、詠めり。

じひ＝慈悲。ブッダの教えの中核のひとつ。

ばいがえし
てのひらにのせ
ほめごろし
おそれには　あい
いかりには　ちゅうじょ

ちゅうじょ＝忠恕。真心と思いやりのこと。
孔子の思想の核心。

忠恕の心

まごころと
おもいやりこそ
ひとのみち
こうしがといた
ちゅうじょのおしえ

まことしやかに

TVドラマ
まことしやかに
みえるのは
はくしんのえんぎ
きゃくほんのわざ

夢の跡

ゆめのあと
くさぼうぼうの
あれのにて
あたらしきよを
ともにつくらん

杜甫は「国破れて山河在り」で始まる漢詩「春望」を詠めり。芭蕉は「春望」を読みて名句「夏草や　兵どもが夢の跡」を詠む。我は、芭蕉の「夢の跡」を引き継ぎて、短歌を詠めり。

ゆめやぶれ
がれきとかした
みやこにて
うるわしきくに
みなできずかん

鳴かぬなら

なかぬなら
ゆっくりやすめ
ホトトギス
はねをのばせよ
ツリーハウスで

信長「鳴かぬなら　殺してしまえ　ホトトギス」
秀吉「鳴かぬなら　鳴かせてみよう　ホトトギス」
家康「鳴かぬなら　鳴くまで待とう　ホトトギス」に寄せて。

なきつかれ
じゅじょうでねむれ
ホトトギス
みはてぬゆめを
みなでまもらん

清志郎の叫び

おい　みんな
あいしあってるかい？
あいしあおうぜ
いまもきこえる
きよしろうのさけび

忌野清志郎　いまわのきよしろう。
ロックバンド・ＲＣサクセションのボーカル。

風になれ

かぜになれ
はしれ　メロスよ
ゴールまで
いっしんふらん
とぶようにゆけ

走れメロス　太宰治の名作。児童文学作品。

我思う

われおもう
ゆえに　あらわれ
いとあわれ
すてよ　とらわれ
まぼろよのわれ

ルネ・デカルトの至言で、近代哲学の象徴となった「我思う、ゆえに我あり（コギト・エルゴ・スム）」を書き換える。

あらわれ　現れ。現象のこと。
我思う、ゆえに現れ
意識から現象が生まれるという考え方。
あわれ　古語であはれ。
はかなく、しみじみとした情趣。

なかまわれ
よくのあらわれ
やめなはれ
われらはひとつ
みんなかたわれ

やめなはれ　関西弁で「やめなさい」。

蕎麦屋の至福

そばやにて
おおきめ　にごうの
とっくりで
かんざけをのむ
しふくのじかん

かんざけ　お燗した日本酒のこと。

酒よ

さけよ
ありがとう
くるしいことがあったとき
いたみにたえる
ちからをくれたね
かなしいことがあったとき
やるせないきもちを
うけとめてくれた

さけよ
ありがとう
いかりにうちふるえたとき
うらみやにくしみを
しずめてくれたね
うれしいことがあったとき
あふれるよろこびを
ばいにしてくれた

さけよ
ありがとう
ぼくはおまえに
かんしゃする
だって　さけよ
おまえのおかげで
ぼくは
きょうまで
いきているから

雨で洗い

宮沢賢治へのオマージュとして、「雨ニモマケズ」を書き換える。

雨で洗い
風で祓い
太陽の光で浄めた
きれいな心をもち
少欲知足
天地に感謝し
無為自然の心地にいたる
一日に玄米二合と
豆類と野菜をいただき
何をするにも
すべての存在を愛し
自分も相手も大切にする
祝福して生かす

畑がまだ残る
都会の片隅に住んで
コロナ風邪がはやれば
お年よりや赤ちゃんを気づかい
父が認知症になれば
ねばり強く世話をする
こまっている友がいれば
汗まみれになって働き
世界の災害や騒動を知れば
しずかに平穏を祈る
生きとし生けるものに幸あれと願い
人類への希望も失わない

みんなにありがとうといわれて
喜びにつつまれ
ワクワクして生きる
そういう人に
わたしはなりたい

第五章　こころあるみち

子々孫々に

こやまごに
のこしたいのは
なんですか？

うみ　やま　だいち
きれいなくうき
すばらしき　しぜん
いきものたち

よなおしに
ひつようなのは
なんですか？

ゆめときぼうと
よろこびと
あいとえいちと
なかまたち

それからね
いっぽふみだす
ちいさなゆうき

心ある道

このほしに
ちょうわあるよを
つくるため
ともにすすまん
こころあるみち

グレタの怒り

ゆるさない
おとなをにらみ
せめたてる
グレタのいかり
むねをえぐりし

グレタ・トゥンベリ　二〇〇三年、スウェーデン生まれ。
気候変動について大人の責任を追及する環境活動家。

でもグレタ
はかいをほんきで
とめるなら
いかりではなく
あいとえいちで

ねえグレタ
えがおをみせて
グレないで
おとなもじんるい
あなたのなかま

欲望より希望を

きぼうこそ
しあわせのかぎ
かなめいし
くるしみをうむ
よくぼうすてよ

若者よ

ダメなんだ
むりだ　できない
わかものよ
じじょうじばくを
ときはなて

じじょうじばく　自縄自縛。自分で自分を縛ること。

バカなんだ
いやだ　やらない
わかものよ
ほんとのじぶんを
おもいだせ

ドジなんだ
しくじりばかり
わかものよ
じゆうじざいを
とりもどせ

ハートの声

そのままで
あなたのままで
いいんだよ
ハートのこえに
したがってゆけ

玄米の力

ひとつぶに
いのちのもとが
つまってる
げんきをつくる
げんまいのちから

自然の摂理

ねてるまに
やまいやきずが
なおりゆく
しぜんのせつり
からだのしんぴ

感謝歓喜

かんしゃと
かんきのれんさ
たましいを
はらいきよめる
しんかのひけつ

心澄まして

かえりみて
こころすまして
うたよめば
わだかまりきえ
けがれもおちる

なんくるないさ

わがみちは
かぎりなきみち
はてもなし
みちもなけれど
なんくるないさ

なんくるないさ＝沖縄語で「何でもない」のこと

ただ歩み行く

よろこびと
あいとえいちを
たずさえて
ただ　あゆみゆく
こころあるみち

ちにいきる
われもぎんがの
ひとしずく
ひかりとなりて
てんにかえらん

あとがき　うたふよろこび

コロナ騒動で緊急事態宣言が出されていた令和二年（二〇二〇年）五月初頭のことだ。メル友の本波尚子さん（以下、尚姫）から来たメールに、自作の和歌が記されていた。

サクラユキ・・　唇微かに　つぶやきて
　　メールを撫ぜた　四十四の春　（第二章の第二首）

その一か月前、満開の桜に雪が降り積もった情景について、私は感慨を持ってメールに書き送っていた。メールを読んだ尚姫は、サクラユキという美しい言葉を使って自らの心情を歌に詠み、送ってくれたのである。この歌にすっかり魅了された私は、慣れない歌づくりにトライし、返歌を書き送った。

以来、尚姫の素晴らしい（素直で、心が晴れ渡る）歌に刺激されて歌のやりとりが続いたが、気がつくとすっかり歌詠みに魅せられてしまっていた。泉から水が湧き出るように、歌が溢れて止まらないのだ。

最初の一首は詠むのに三日もかかったが、梅雨が明けるころになると散歩に出て帰宅する間に、ふたつも三つも歌ができるようになった。

来る日も来る日も、私は朝日を拝み、涼風を肌で感じ、路傍の草花を愛で、ウグイスやセミの声に耳を澄まし、歌を詠んだ。

そして、八月になって詩集を出そうと決めたのである。

この詩集『ぎんがのしずく』は、叙事詩『元日詩』、ことばあそび歌

『ことのはパフェ』に次ぐ第三詩集である。大半が和歌であるので、第一歌集と言ってもいい。

まさか自分が和歌を詠むとは思わなかったが、すべては因果律の下に起きているとすれば、思い当たる因がある。

ひとつは、生涯を通じて愛唱して来た歌が、いくつかあることだ。私が住む東京・練馬区にある北野神社の祭神は、学問の神様と言われる菅原道真である。「東風吹かば　にほひおこせよ　梅の花　あるじなしとて　春な忘れそ」（大鏡）という道真の歌は、子どものころから諳んじてきた。古今和歌集にある藤原敏行の「秋来ぬと　目にはさやかに　見えねども　風の音にぞ　おどろかれぬる」も大好きな一首だ。

ふたつめの因は、六十歳のとき、『ホツマツタヱ』に出合ったことである。縄文時代にこの国が建国されて以来の歴史を記した古文書だ。

このホツマツタエは全編、五七調で書かれていて、しかも冒頭の章は和歌の逸話から始まっている。

それによると、和歌はワカ姫が創始したもので、その名にちなんで付けられた名前だという。ワカ姫は第七代天神のイサナギ・イサナミの長女であり、天照大神の姉である。弟の質問に対し、ワカ姫は「五七調は日本語のリズムにピッタリ合う」と答えている。

三つめの因は、ルポライターだった四十歳代半ばのころ、一年ほど会津八一について研究したことである。秋草道人を名乗った会津八一は、早稲田大学教授として美術史を講義しただけでなく、無法無伝で書を書き、歌を詠んだ。『自註鹿鳴集』を読むと、何と漢字を使わずにひらがなだけで書かれている。

今回、歌詠みにトライしたとき、ひらがなで書こうと思ったのは、秋草道人の作品を読んだときの鮮烈なインパクトがあったからである。

この詩集『ぎんがのしずく』で表現したかったのは、私が今生で到達した心地である。

令和元年（二〇一九年）一一月、六十一歳の誕生日。無為という言葉が、天から降って来た。それは「無為自然に生きよ」という自らの深いところからのメッセージだとわかった。愛読していた『老子』の根幹の教えでもある。

それまで理由もなく抗っていたが、悟りの扉を開く決意をした。無為自然・変幻自在の心地をめざして、ありのままの自分と向き合う日々に没入したのだ。以来、十か月間で至った心地を歌にして表現したのが、本詩集である。

創作に当たっては、季語や枕詞、韻などの規則や定型に囚われないことを旨とした。技巧を排し、心から溢れ出た真実の言葉をただ記すことを心がけた。それは秋草道人の流儀であり、和歌の創始者であるワカ姫の心でもあると思っている。


読んでもらえばわかるが、この宇宙に遍満する大きな愛と深い叡智がこの詩集のテーマである。

私という一個の生命体を含めて、生きとし生けるものすべてが、宇宙のひと滴である。タイトル「ぎんがのしずく」とは、そのことを意味している。その宇宙即我の境地が第三章「さとりのここち」であり、大宇宙のリズムを個々のいのちや現象に見たのが第一章「てんちのしらべ」

である。

第四章「たわむれのうた」では変幻自在な創作に挑み、われわれ日本人が囚われてきた名歌名言を書き換える試みをしてみた。たとえば、宮沢賢治の「雨ニモマケズ」は、今でも私を含む多くの日本人の生き方に何がしかの影響を与えている作品だと思うが、その囚われを外すべく書き換えを試みた。

時代が大きく転換するのに伴い、ネガティブからポジティブへ、忍耐から歓喜へ、自己チュー（中心主義）や自己犠牲から自利利他へと生きる軸をシフトする時が来ていると思ったからである。

第五章「こころあるみち」は、私が二十歳の頃から追い求めてきた生き方を表現したものである。

大学時代に心酔していた社会学者の真木悠介と哲学者の花崎皋平が月刊「展望」一九七七年九月で、「〈心のある道〉は勝ちうるか」をテーマに対談をした。心のある道というのは、真木悠介がこの年に刊行した『気流の鳴る音』で提起した言葉で、もともとはメキシコに住むヤキ・インディアンのシャーマンの生き方を表現したものだ。

核戦争による人類の滅亡がリアルだった東西冷戦の時代に、このシャーマンの生き方を手掛かりにして、人類が心のある道を歩む可能性を探ったのが「展望」の対談であった。このテーマをめぐっては、盟友の齋藤純一や小塚正樹らと大いに議論をしたものだ。齋藤純一はその後、ご縁があって花崎皋平の義理の息子になっている。

以来、四十年余りにわたって、心のある道とは何か、どうすれば心のある道に至ることができるか、私なりに模索してきた。到達したのは、心ある道は勝ち取るものではなく、私たち現代人が戻り行く本来の道だということである。

末尾になったが、本詩集の第二章「うたのやりとり」に登場してくださった尚姫こと、本波尚子さんに深く感謝したい。

尚姫は、シンガーソングライターでもあるシャーマンの神人（蛯名健仁）さんの講義に通う仲間である。スピリチュアルの世界では、私は初心者に近いので、いろいろと教えを請う側だが、娘に近い年齢なので尚姫と呼んでいる。ちなみに、私はおみG（臣爺）と呼んでもらっている。

また、前作に続いて、編集を担当してくださったブイツーソリューションの檜岡芳行さんにも御礼申し上げます。

それから、私をアル中から救い出してくれた深層心理カウンセラーの松尾直子さんをはじめ、スピリチュアルの世界を紐解いてくださった蛯名健仁さん、並木良和さん、相川圭子さん、高橋佳子さんらに、この場を借りて感謝を申し上げます。

最後に、米寿（八十八歳）を迎えた母・君枝が健やかに天寿を全うできるように祈って、筆をおくことにします。

令和二年九月　おみGこと　瀧井宏臣

プロフィール

瀧井宏臣　たきいひろおみ。

一九五八年、東京練馬に生まれる。

テレビ記者、国際協力活動家、ルポライター、児童文学作家などを経て、六十一歳で無為自然の悟道に入る。詩集に『元旦詩』『ことのはパフェ』がある。

ぎんがのしずく

二〇二〇年十一月十五日　初版第一刷発行

著　者　瀧井宏臣

発行者　谷村勇輔

発行所　ブイツーソリューション

〒四六六・〇八四八

名古屋市昭和区長戸町四・四〇

電　話　〇五二・七九九・七三九一

ＦＡＸ　〇五二・七九九・七九八四

発売元　星雲社（共同出版社・流通責任出版社）

〒一一二・〇〇〇五

東京都文京区水道一・三・三〇

電　話　〇三・三八六八・三二七五

ＦＡＸ　〇三・三八六八・六五八八

印刷所　シナノパブリッシングプレス

万一、落丁乱丁のある場合は送料当社負担でお取替えいたします。ブイツーソリューション宛にお送りください。

ISBN978-4-434-28074-0